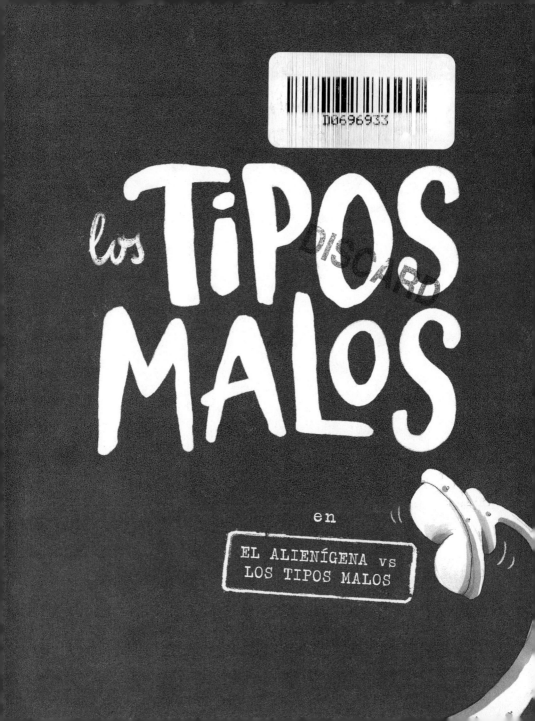

los TiPOS MALOS

en

EL ALIENÍGENA vs
LOS TIPOS MALOS

ORIGINALLY PUBLISHED IN ENGLISH AS
THE BAD GUYS IN ALIEN VS BAD GUYS

TRANSLATED BY INDIRA PUPO

ALL RIGHTS RESERVED. PUBLISHED BY SCHOLASTIC INC., *PUBLISHERS SINCE 1920.* SCHOLASTIC, SCHOLASTIC EN ESPAÑOL, AND ASSOCIATED LOGOS ARE TRADEMARKS AND/OR REGISTERED TRADEMARKS OF SCHOLASTIC INC. THIS EDITION PUBLISHED UNDER LICENSE FROM SCHOLASTIC AUSTRALIA PTY LIMITED. FIRST PUBLISHED BY SCHOLASTIC AUSTRALIA PTY LIMITED IN 2017.

THE PUBLISHER DOES NOT HAVE ANY CONTROL OVER AND DOES NOT ASSUME ANY RESPONSIBILITY FOR AUTHOR OR THIRD-PARTY WEBSITES OR THEIR CONTENT.

ISBN 978-1-338-71553-8

10 9 8 7 6 5 4 3 2 1   21 22 23 24 25

PRINTED IN THE U.S.A.   23
FIRST SPANISH PRINTING 2021

1 2020

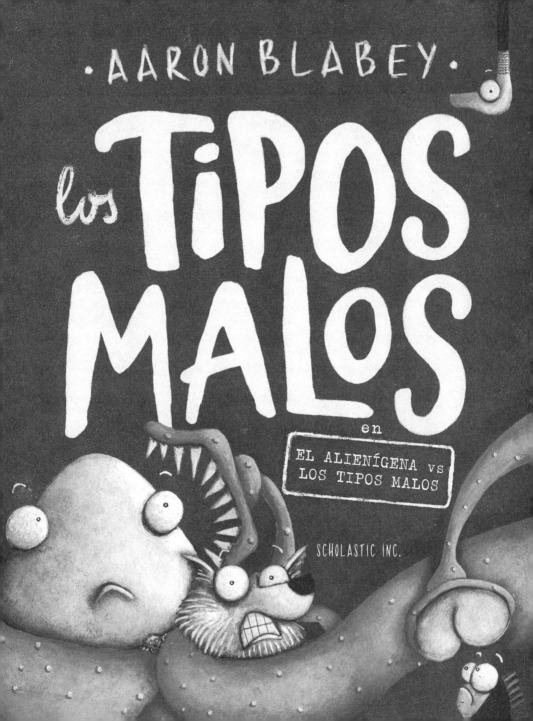

¡EL CLUB DE LOS TIPOS BUENOS SALVA AL MUNDO!

¡Esta noche se celebra en todo el mundo la **DERROTA** del malvado **DR. RUPERTO MERMELADA!**

TRISTINA CHISMERA CANAL 6

Sí, así es: todos los gatitos, perritos, conejitos, ponis y delfines han dejado de ser **ZOMBICARNÍVOROS** para **VOLVER** a ser los amiguitos lindos y peluditos de siempre.

¿Y a **QUIÉN** debemos agradecerle?

¡AL CLUB DE LOS TIPOS BUENOS!

MEJOR, ¡IMPOSIBLE!

El nombre puede sonar aburrido, ¡pero dudo que haya una criatura en este planeta que no quiera darles un abrazo a estos **CHICOS MARAVILLOSOS!**

¡El **ADORABLE**
Sr. Lobo!

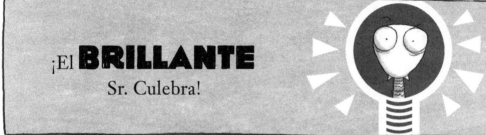

¡El **BRILLANTE**
Sr. Culebra!

¡El **PODEROSO**
Sr. Tiburón!

Y

EL OTRO

que es una especie de pez.
Posiblemente una sardina.

¡Ellos son las **GRANDES LEYENDAS DE NUESTRA ERA!**

REPRESENTACIÓN DEL ARTISTA

Y me gustaría agregar que, en lo personal, **SIEMPRE** he creído que son espectaculares.

De verdad…

Así que enviémosles un enorme…

5

AGRADECIMIENTO,

¡donde quiera que estén!
A la pandilla que salvó
al mundo:

¡NO SON TIPOS MALOS

en lo absoluto!

Es bueno saber que allá afuera…

donde sea...

están protegiéndonos...

estos TIPOS DUROS, HERMOSOS E INCREÍBLES...

· CAPÍTULO 1 ·
ESPACIO EXTERIOR, CACA AL POR MAYOR

Creo que
voy a llorar…

Yo también…

¡Tranquilícense de una vez!

¡TENEMOS QUE SALIR DE AQUÍ!

¡¿Cómo?! **¡ES UN ALIENÍGENA!**
Mermelada **NO ES** un conejillo de Indias, ni el
científico malvado que trató de destruir el mundo.
Es un enorme y hostil alienígena con

MÁS DIENTES, TENTÁCULOS
y **TRASEROS** de los que cualquier criatura
decente debería tener…

Y estamos atrapados en su estación espacial en la Luna **SIN UN COHETE.**

Así que **¡¡CÓMO VAMOS A SALIR DE AQUÍ?!**

¡Shhhh! ¡Nos va a escuchar! ¿Qué vamos a hacer? No podemos escondernos para siempre…

¡Esperen!
¡Se va!
¡MIREN TODA ESA BABA!

¡PLAAAS!

¡PLAAAS!

¡No podemos quedarnos! ¡Tenemos que irnos!
¡Tenemos que irnos! ¡Tiene demasiados traseros!
¡Son DEMASIADOS TRASEROS!
¡DEMASIADOS TRASEROS!

Miren quién habla,
el Sr. Pedorro.

Ay, chico, esto NO es justo. ¡Hemos llegado tan lejos! ¡Finalmente, todos creen que somos héroes! No podemos morir aquí. Necesitamos un plan...

Oye, ¿qué es *eso*?

¡Patas! ¡¿Adónde vas?!

¡CORRE!

¡CORRE!

¡CORRE!

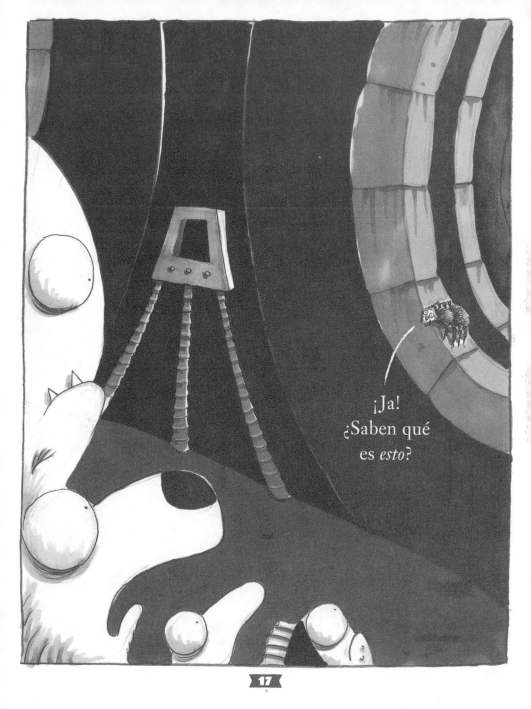

¿La pequeña
habitación donde
moriremos?

¡No! ¡Es una

CÁPSULA DE ESCAPE!

¡ESTA es nuestra salvación!

¡Pero esta es una
NAVE ALIENÍGENA!
Ni siquiera sabemos cómo funciona.

¿Cuán complicado puede ser? Apuesto que tiene una **LISTA DE IDIOMAS** y probablemente algunos sean de la **TIERRA**... Qué tal si pongo unas cuantas **COORDENADAS** aquí y... anjá.

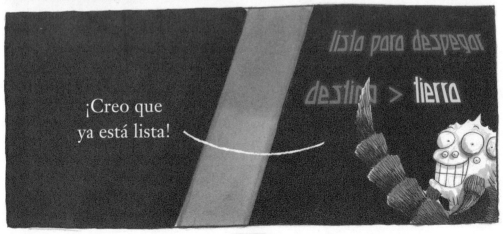

¡Creo que ya está lista!

lista para despegar

destino > tierra

Socio, ¡acabas de **HACKEAR UNA COMPUTADORA ALIENÍGENA!**
En serio, no te damos todo el crédito que te mereces. ¡Un hurra para Patas!

Bien, te diré algo: ¿por qué no te quedas aquí y organizas un **DESFILE EN HONOR A PATAS?**
Te veo en la Tierra, ¿sí?

Eres la culebra más grosera...

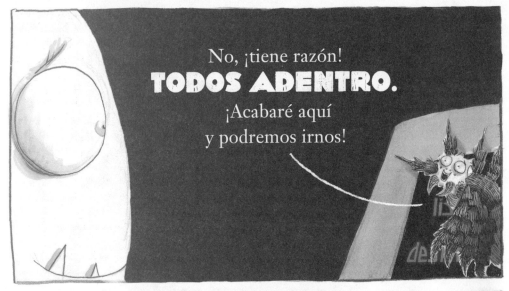

No, ¡tiene razón!

TODOS ADENTRO.

¡Acabaré aquí
y podremos irnos!

Por cierto, ¿cómo va todo por allá afuera, amiguito?

¿Patas? ¿Todo bien?

¡¿PATAS?!

• CAPÍTULO 2 •
NO QUEDARON MÁS QUE CUATRO

¡¿PATAS?!

Ay, no, algo no anda bien...

¡¿Dónde está?!

Oigan, ¿saben qué?

La cápsula de escape ya está **LISTA**, así que ¿por qué no entramos y nos largamos de una vez?

¿En serio?

¡CLARO!

Hay un **MONTÓN** de cápsulas.

Patas podrá tomar la

SIGUIENTE.

Probablemente fue a

BUSCAR UN SÁNDWICH

o algo así; estoy seguro de que no le importaría que despegáramos y nos viéramos en...

NADIE SE VA HASTA QUE ENCONTREMOS A PATAS. ¿ENTENDIDO?

Bueno, sí, **PODRÍAMOS** hacer eso, pero no creen que tiene más sentido…

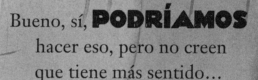

¡¿DE QUÉ ESTÁS HABLANDO?!

¡PATAS ES NUESTRO **AMIGO**!

GRACIAS A ÉL DESCUBRIMOS LAS CÁPSULAS DE ESCAPE, **AUN ASÍ** ¡¿QUIERES ABANDONARLO?!

¡Oye, Piraña! ¡Habla bajito!

¡NO! ¡ESTOY HARTO DE ESTA ALIMAÑA DESPRECIABLE!

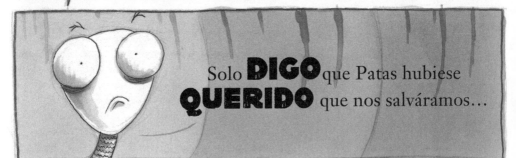

Solo **DIGO** que Patas hubiese **QUERIDO** que nos salváramos…

ERES EL GUSANO MÁS…

¡Piraña!

EGOÍSTA...

¡De veras, socio! *¡Shhhh!*

QUE JAMÁS HAYA...

¿Es idea mía o hay un
TRASERO
ALIENÍGENA
apuntándome a la cara?

¡Piraña! ¡*Cuidado!*

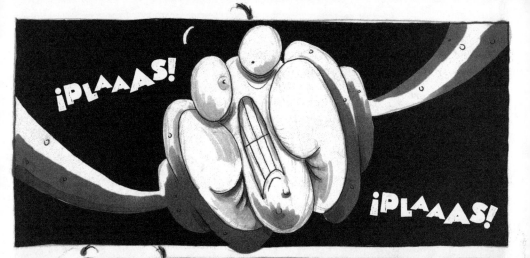

¡PIRAÑA!

Se acabó.
Me voy.

El último que llegue
a la cápsula de escape
es merienda de alienígena...

Ni se te ocurra.
Tenemos que seguirlo.

¡¡¡TRASEEEEEROOOOOOSSSS!!!

¡Está VIVO!
¡Podemos seguir su voz!

¡Vamos!

Pero, ¿y la cápsula de escape?
Quizás debería quedarme aquí y
cuidarla, por si acaso…

• CAPÍTULO 3 •

LA CHICA ALIENÍGENA

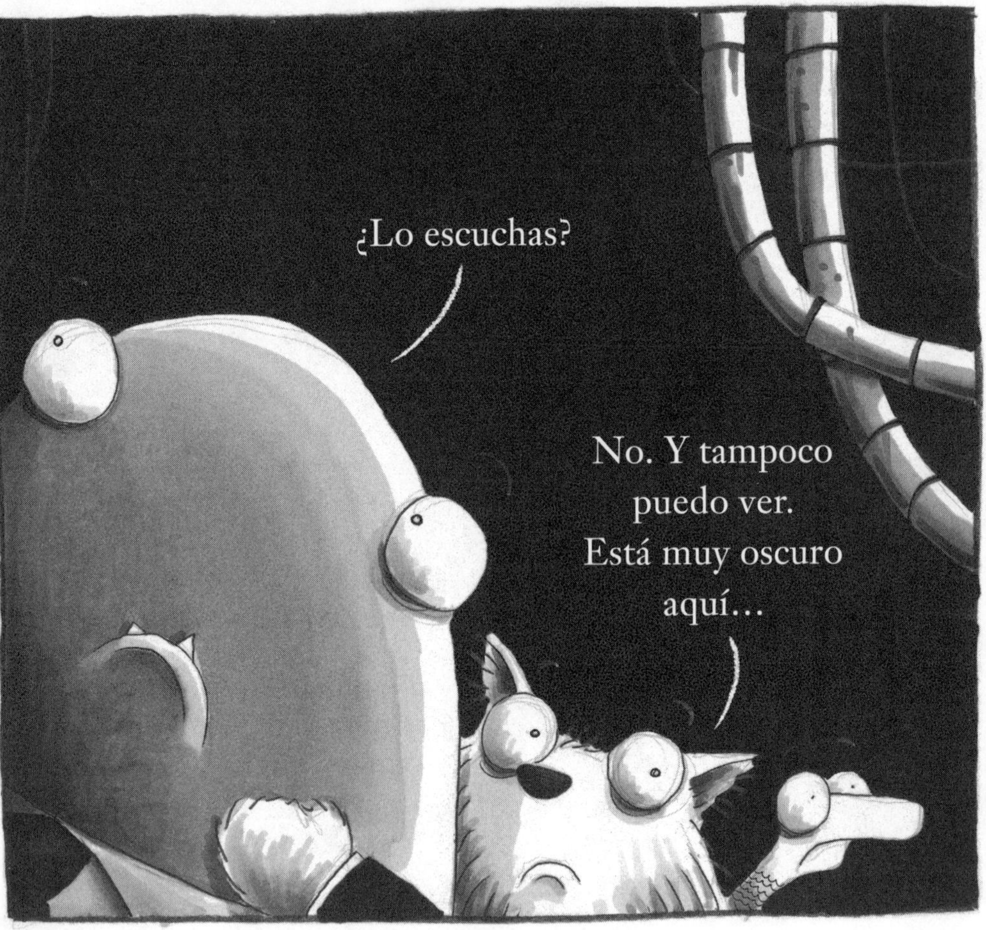

¡Me gustaría señalar que estamos entrando a una parte aún más tenebrosa de la ya

ESPELUZNANTE NAVE ESPACIAL!

Voto en contra de esto.

¿Quieres votar?

Bien, el que esté en contra de seguir buscando a nuestros amigos que levante la mano.

¿No hay manos? Entonces, **¡SEGUIMOS BUSCANDO!**

Muy gracioso. Ojalá seas el próximo.

No tendrás tanta suerte...

¡AAAAAYYYYY! ¡ME ATRAPÓ!

¡Ssshhh! ¡Tranquilo! Son solo unos cables viejos y…
Ay, chico.
¡¿QUÉ ES ESO?!

No me gusta esto para nada. Parecen ser

ARMAS TERRIBLES.

¿Por qué Mermelada…
es decir, el *alienígena*… tendría

TANTAS ARMAS?

Esto me pone nervioso.

Salgamos

de aquí…

¡No, espera!
¡Quizás podamos usarlas
en su **CONTRA**!

¿Sí? ¿Has sido entrenado para usar **ARMAS ALIENÍGENAS RARAS?**

No, pero podríamos averiguar cómo funcionan.

¡¿AVERIGUAR?!
Bueno, ¡podrías comenzar por tomarte unos minutos para aprender a **HABLAR ALIENÍGENA** y luego leerte el **MANUAL DE INSTRUCCIONES** y ENSEÑARNOS cómo se usan! Me parece una idea GENIAL. **¡AVERIGÜEMOS CÓMO FUNCIONAN!**

Ya te he dicho esto antes, pero tienes una tendencia a ser muy pesado, ¿lo sabías?

¿Y qué piensas hacer al respecto?

¡Culebra!

Sé que piensas que en el fondo soy un tipo estupendo, pero ¿sabes qué?

¡*No!* ¡Culebra!

¡No me interrumpas, socio!
Escucha lo que tengo que decirte…

¡CULEBRA!
¡CUIDADO!

¡¡¡AAAHHHHHH!!!

¡¿TIBURÓN?!

Chico, eres MUY bueno con los disfraces.

Lo sé.

¿Cómo lograste hacer todo esto tan rápido?

Soy bueno y ya. Acéptalo.

¡¿Y por qué el **VESTIDO?!**

Me haré pasar por una **CHICA ALIENÍGENA.** Cuando el **ALIENÍGENA MERMELADA** intente hacerse mi amigo, le diré que me muestre dónde esconde a las criaturas que captura y **BINGO...** podremos rescatar a los chicos. **ESE** es el plan.

Bueno, tus disfraces habrán funcionado en el pasado, pero lo que acabas de decir es tan estúpido que me dan ganas de comerme a mí mismo.

A mí me gusta el plan.

¡ES UNA LOCURA!

¡Vamos! ¡Sus disfraces *siempre* funcionan!

Sí, pero esta vez se está haciendo pasar por una CHICA ALIENÍGENA y **¡NI SIQUIERA SABE CÓMO LUCE UNA ALIENÍGENA!**

Estoy dispuesto a correr ese riesgo.

Funcionará, Culebra. ¡Ya verás! **¡MIRA QUÉ** realista se ve este tentáculo! Tiburón, en serio, es…

¿Cómo hiciste para que se viera… tan… *real*?

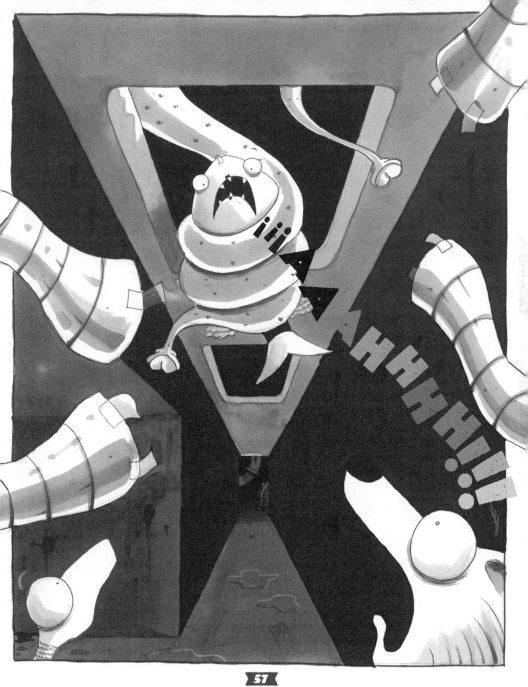

· CAPÍTULO 4 ·
VUELTAS EN CÍRCULOS

Está muy oscuro.
¿Por qué hay tanta
oscuridad?
Parece que se hace
cada vez más oscuro…
¿No te parece que está
DEMASIADO oscuro?

¡SÍ! ¡EXCELENTE OBSERVACIÓN! ¡ESTÁ OSCURO! ¿QUÉ QUIERES? ¿UNA *GALLETITA*? **POR SUPUESTO** QUE ESTÁ OSCURO.

¡Dame un respiro! ¡Estoy **ATERRADO**! Todos se han ido. ¡Incluso Tiburón! ¡Pero no podemos darnos por vencidos! Si seguimos buscando, **SÉ** que los encontraremos. Estamos **CERCA**, lo presiento.

¿De veras? ¿Estamos *cerca*? Entonces, ¿cómo explicas **ESTO...?**

SIGNIFICA que hemos estado **DANDO VUELTAS EN CÍRCULOS.**

Escúchame, Lobo...

Lo admito, una **PARTE DE MÍ** quiere ser un héroe, es cierto. Una parte de mí *realmente* lo desea. Pero ¿sabes qué he aprendido siguiéndote en todas estas estúpidas misiones? ¿Sabes qué he aprendido de cada situación ridícula en la que nos has metido?

¿LO SABES?

He aprendido que *no* soy un héroe.
Sé que tú quieres que yo lo sea...

Pero no lo soy.

Sé que **TÚ** quieres ser un héroe.
Y, quién sabe,

QUIZÁS LO SEAS.

Pero también creo que estás **LOCO**.
Y creo que un día cometerás tantas estupideces que **TERMINARÁS** siendo devorado por un alienígena. Y, ¿sabes qué, Lobo?

Creo que ese día es hoy.

Nunca tuve amigos,
Lobo. Y aunque te trato
de idiota muchas veces...
sé que eres el mejor
amigo que tendré jamás.
Y no quiero perderte,
así que...

Por favor, métete a la
cápsula de escape conmigo.

Sabes que no puedo, Sr. Culebra.

Y también sabes por qué.

No te puedo **OBLIGAR** a hacer algo que no quieres. Tú decides qué hacer ahora. Ahí está la **CÁPSULA DE ESCAPE.** Si realmente quieres irte, adelante. Pero presiento que tomarás la decisión correc...

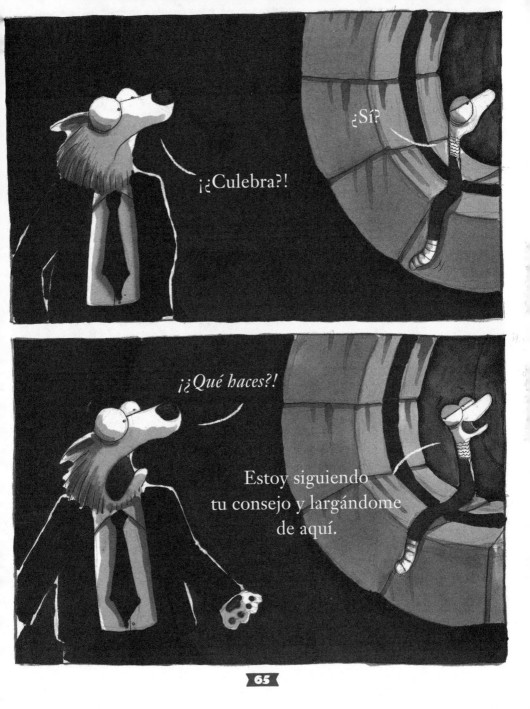

¡¿QUÉ?!

¡No creí que realmente lo fueras a hacer!

¿Por qué? ¿Por mi discurso de antes? Fui sincero en cada palabra que dije, pero hay un **ALIENÍGENA CON MANOS DE TRASERO** allá afuera, así que, **CUALQUIER COSA PUEDE PASAR** y...

¿Qué?

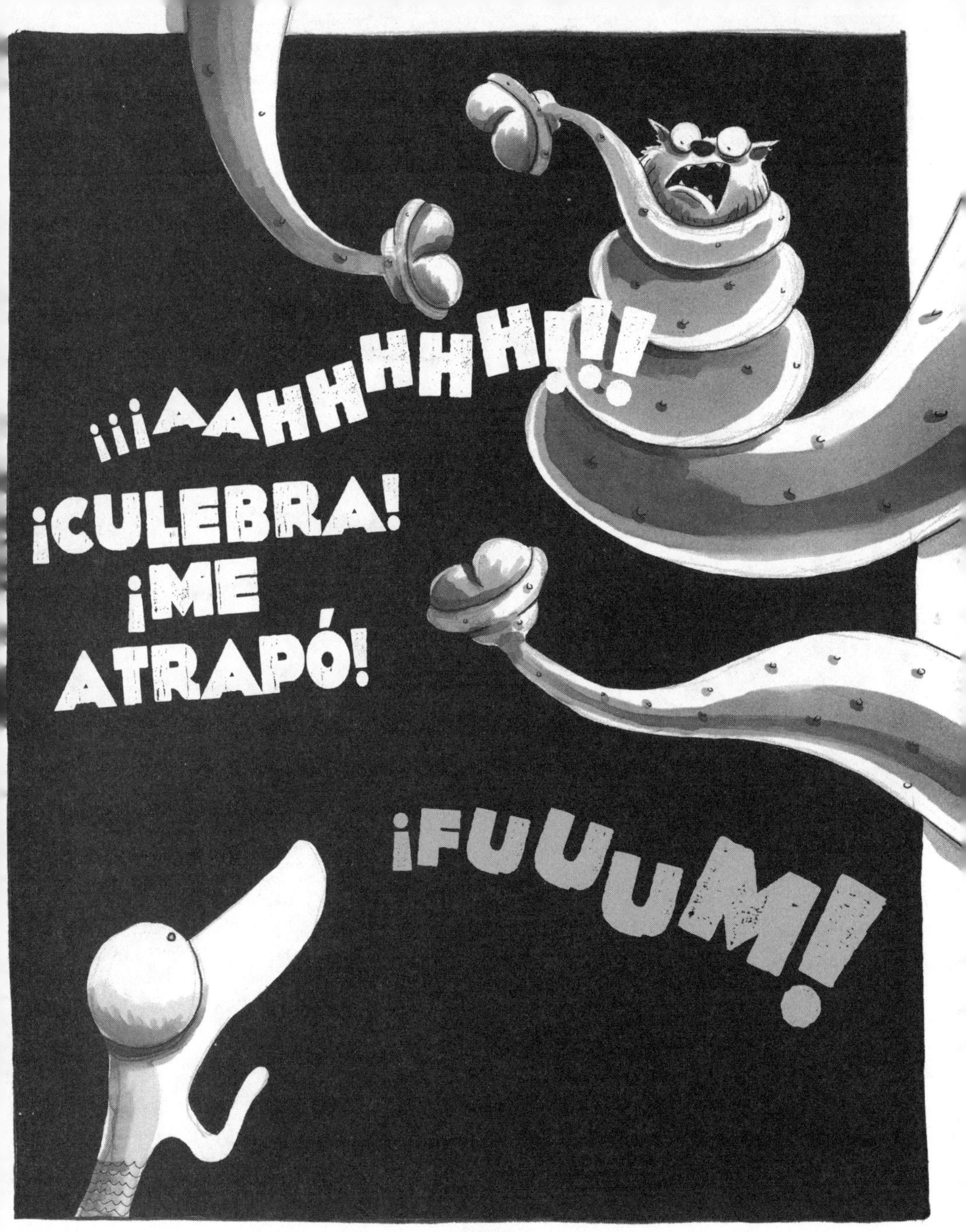
¡¡¡AAHHHHHHH!!!
¡CULEBRA!
¡ME ATRAPÓ!
¡FUUUM!

· CAPÍTULO 5 ·
EL POZO DE LA PERDICIÓN

Sí, es **MOCO SECO**.
Salió de la nariz del alienígena.

¡Tiburón!

Bueno, teniendo en cuenta
la cantidad de traseros que tiene,
deberíamos estar agradecidos
de que solo sean mocos.

¡Patas!

Oye, Lobito,
si te soy sincero,
teníamos la esperanza
de que nos

RESCATARAS.

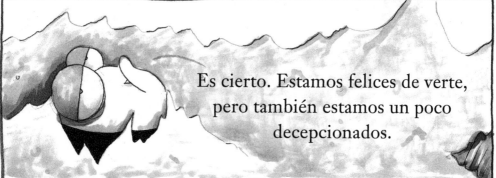

Es cierto. Estamos felices de verte,
pero también estamos un poco
decepcionados.

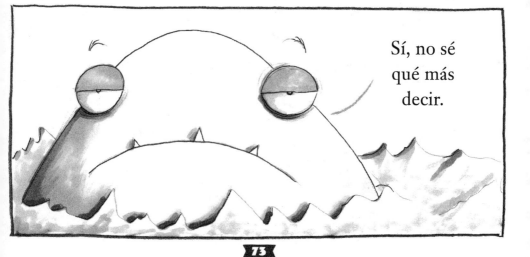

Sí, no sé
qué más
decir.

¡No se preocupen, chicos!
Creo que olvidan algo…

¡Al Sr. Culebra!

¿Estás bromeando?

• CAPÍTULO 6 •

EL FIN DEL CAMINO

¡Oye, tú! ¡Manos de trasero! Cuando te tiras un **PEDO**, ¿lo haces por un solo tentáculo o sale por todos lados a la vez?

PUES, NO ESTOY SEGURO PECECITO...

¡VAMOS A AVERIGUARLO!

Ay, no. No pensé en las consecuencias…

¡Oye, Mermelada!
¿Por qué te hiciste pasar por un
CONEJILLO DE INDIAS?
¿Con qué propósito?

Sí, aparte de eso.

DESCUBRÍ QUE SU PLANETA NO TIENE REMEDIO.

Y SERÁ TODO MÍO.

Soy un estúpido. Pensé que estabas haciendo todo esto porque no te gustaba ser **LINDO** y **TIERNO**.

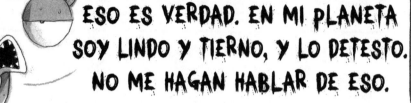

ESO ES VERDAD. EN MI PLANETA SOY LINDO Y TIERNO, Y LO DETESTO. NO ME HAGAN HABLAR DE ESO.

¿Es Mermelada tu nombre real?

NO PODRÍAS PRONUNCIAR MI NOMBRE REAL, LOBO.

Ponme a prueba.

MI NOMBRE ES KDJFLOERHGCOINWERUHCG LEIRWFHEKLWJFHXALHW.

Como tú digas.

¿Qué quieres de nosotros, KDJFLOERHGCOINWERUHCG LEIRWFHEKLWJFHXALHW?

¡! ¡!

¿QUÉ QUIERO? QUIERO COMÉRMELOS. ¡PERO NO SIN ANTES MOSTRARLES LA **DESTRUCCIÓN** DE SU PLANETA!

Bueno, eso suena genial, KDJFddd... lo que sea; y sí, ya todos vimos tus espeluznantes **ARMAS**, pero, ¿sabes qué? ¡No te saldrás con la tuya!

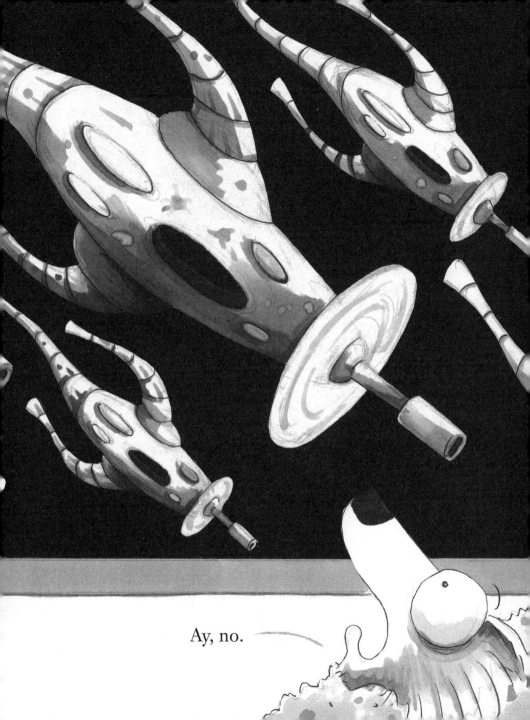

¡DÉJALO TRANQUILO, MONSTRUO MANOS DE TRASERO!

¡CULEBRA!

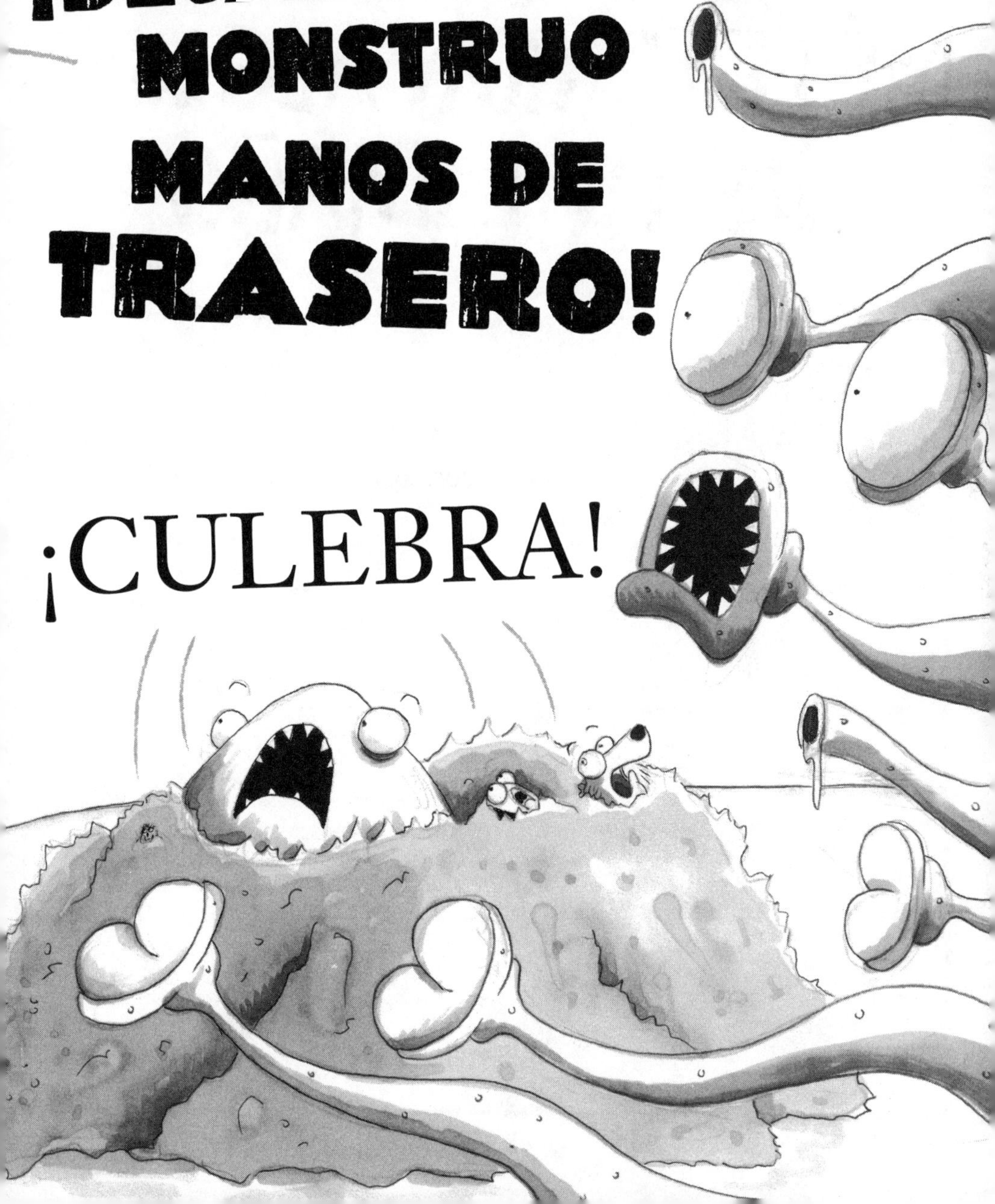

· CAPÍTULO 7 ·
MÉTETE CON ALGUIEN DE TU TAMAÑO

Ven aquí, conejillo de Indias.

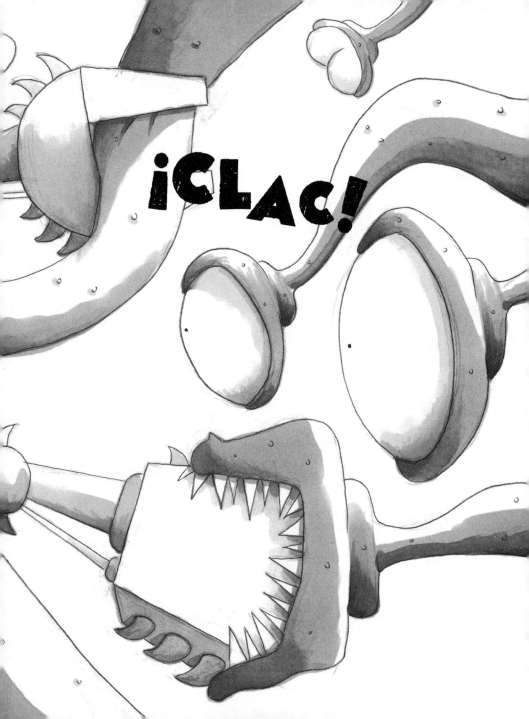

¡Le está dando una paliza al alienígena con sus propios traseros!

¡AGÁRRENSE BIEN, CHICOS!

¡PELIGRO!
PUERTA EXTERIOR

¡CLON!

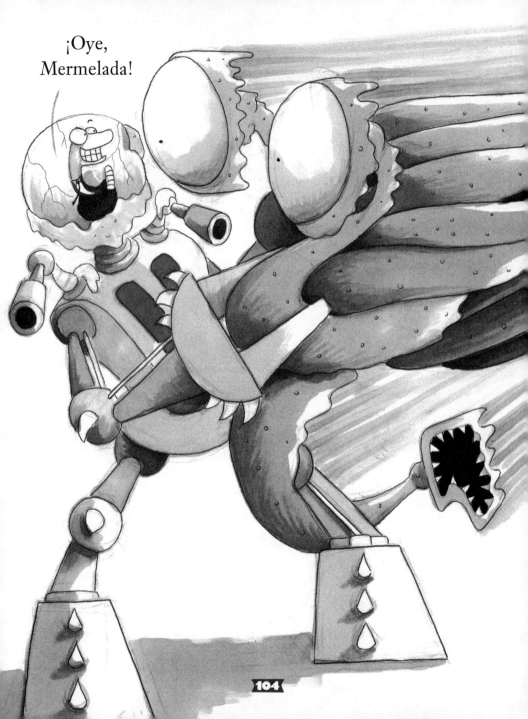

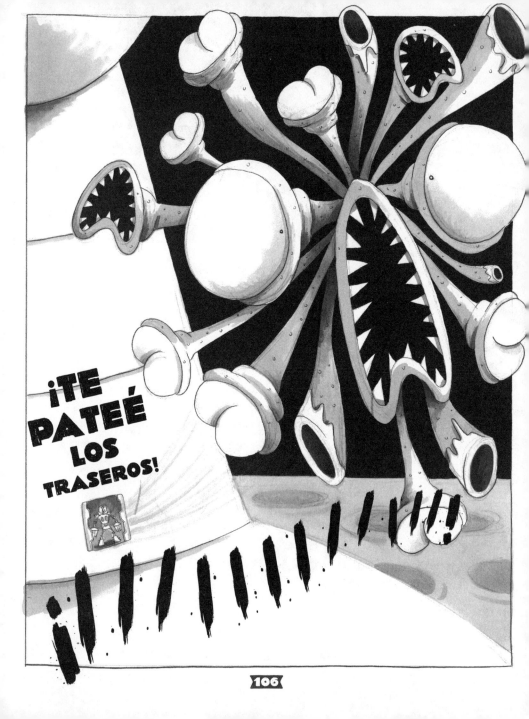

¡Lo lograste, Culebra!

¡REGRESASTE!

¡REGRESASTE!

¿Qué te hizo cambiar de idea?

Supongo que me harté
de ser un tipo malo.

¡Oigan, chicos!
¡Me encantaría ponerme a bailar
ahora mismo, pero allá afuera hay un

EJÉRCITO ALIENÍGENA QUE QUIERE DESTRUIR LA TIERRA!

Tenemos que regresar
y advertirle a la
AGENTE ZORRA.

Tienen razón.
Salgamos de aquí, chicos.
La buena noticia es que el
ejército alienígena

se quedó sin **LÍDER**,
¡gracias a TI, Sr. Culebra!

¡BUUUM!

¡Es **KDJFLOER HGCOINWERU HCGLEIRWFHEK LWJFHXALHW!**

Pero ¡¿cómo?!

MI ESPECIE PUEDE AGUANTAR LA RESPIRACIÓN EN EL ESPACIO HASTA NUEVE SEMANAS SEGUIDAS. ASÍ QUE ME QUEDÉ FLOTANDO JUNTO A LA PUERTA TRASERA...

Y MIS
AMIGOS
ME DEJARON
ENTRAR.

¡Un momento!

· CAPÍTULO 8 ·
LA CÁPSULA

Lo siento, Patas. Tuve que disparar la primera cápsula para **DESPISTAR** a Mermelada. ¿Cuánto tiempo te tomará alistar otra?

¡Lo haré lo más rápido que pueda, Sr. Héroe!

¡Culebra, estoy muy orgulloso de ti! ¡¿*Cómo lograste que el arma funcionara*?!

Simplemente… lo averigüé.

¡CHAS!

¡llllll! ¡Ay, chico, están por todas partes!

¡Cuidado!

¡AAYY!
¡Y hay baba
por todo el piso!
¡CUIDADO!

¡PATINA!

No sé qué es peor: ¡sus mocos
asquerosos o su **BABA RESBALOSA!**

¡TIBURÓN, ERES UN GENIO!

Patas, no quiero apurarte pero…

Estoy en ello…

¡A *mí* no me importa apurarte!

¡RÁPIDO, CHICO!

¡Ya casi!

¡Todos adentro!

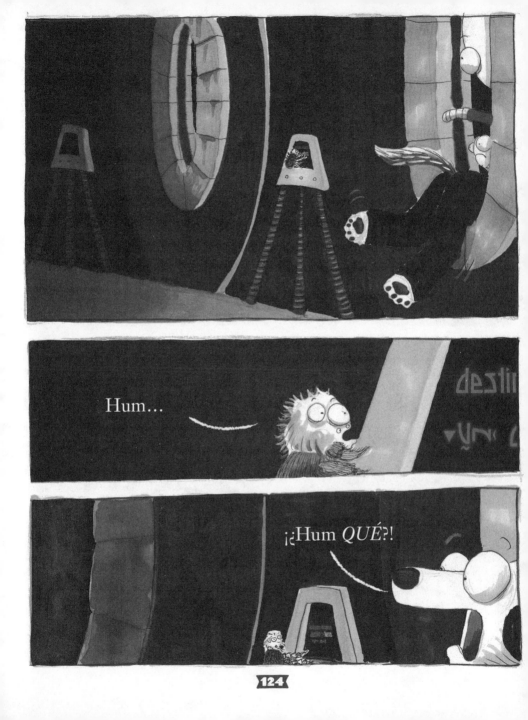

Hay una opción que me tiene un poco confundido. No estoy seguro de qué significa.

¡¿A QUIÉN LE IMPORTA QUÉ SIGNIFICA?!

¡ACABA DE ENTRAR Y ENVÍANOS DE VUELTA A LA TIERRA!

Está bien... Supongo que todo saldrá bien...

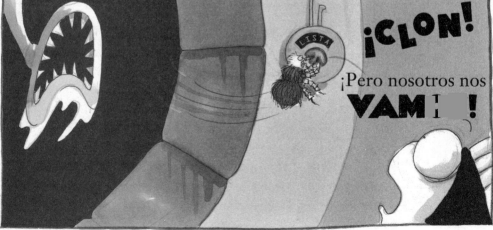

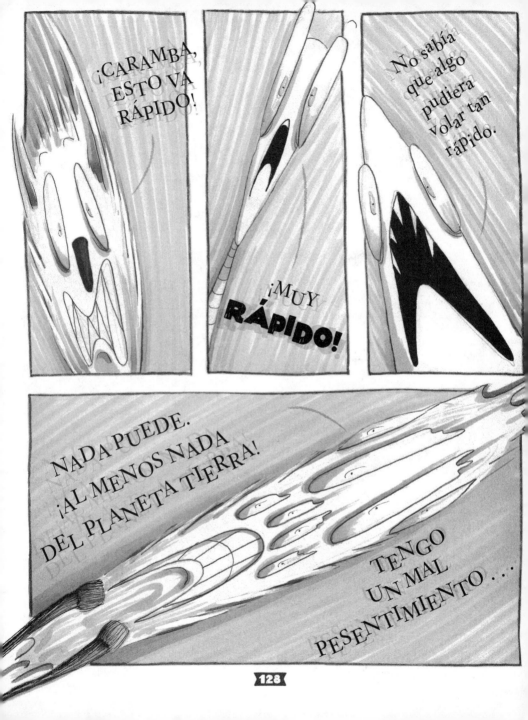

• CAPÍTULO 9 •

DE LA SARTÉN AL...

ESPERA, ESO AÚN NO SE HA DESCUBIERTO...

¡LLEGAMOS!

¡ESTAMOS DE VUELTA EN LA TIERRA!

Bueno... sí, estamos de vuelta en la Tierra...

misión cumpli
ubicación > tierra

No les voy a mentir, chicos. Pensé que habría una multitud reunida para darnos la bienvenida. Me puse mis pantalones de fiesta...

Sí. Y tenemos que advertirle a la Agente Zorra.

¿Dónde están todos?

Quizás estemos en el **LUGAR EQUIVOCADO.**

¿Será que aterrizamos en otro país?

No lo creo. Hasta donde sé, aterrizamos en el lugar que acordamos **CON LA AGENTE ZORRA.**

¿Estás seguro, Patas? Estamos en **MEDIO DE LA NADA**. Debes estar leyendo algo mal.

Hum. Ojalá fuera eso…

¡No se estresen! ¡Llegamos a casa! Eso es lo más importante. Estamos en casa, pero esta vez es *diferente*. ¡Esta vez somos **HÉROES!**

Ehhhhh.
Ser héroes no es
lo único diferente...

¿Qué quieres
decir, Patas?

Bueno, ¿recuerdan esa
opción que me tenía
confundido? Parece que...
era el control de un

TIPO DE VIAJE LIGERAMENTE DIFERENTE...

¿Fue eso lo que nos hizo viajar tan **RÁPIDO?**

Quizás… pero no es a eso a lo que me refiero…

¡Dilo de una vez, Araña! **¡¿DÓNDE ESTAMOS?!**

Sr. Culebra, la pregunta no es **"DÓNDE"**…

sino **"CUÁNDO"**.

¡Miren!

Chicos... ¡creo que **VIAJAMOS EN EL TIEMPO!**

año > 65.000.000 a.n.e.

ubicación tierra

MUY PRONTO.

No existe rival para los **TERRORÍFICOS DINOSAURIOS**. Aunque quizás los **TIPOS MALOS** podrían enfrentárseles. Esto pinta **MAL**. Esto pinta **MUY MAL**. ¡Esto pinta **GENIAL!**